IL PICCOLO LIBRO DEI MOSTRI A SCUOLA

Prima ristampa, settembre 2021

© 2020 Edizioni EL
ISBN 978-88-6714-994-0

www.edizioniel.com

Fabbricato da Edizioni EL S.r.l., via J. Ressel 5, 34018
San Dorligo della Valle (Trieste)
Prodotto in Italia

IL PICCOLO LIBRO DEI MOSTRI A SCUOLA

FEBE SILLANI

Illustrazioni dell'Autore

emme edizioni

LA SCUOLA DEI MOSTRI

Anche i mostri da piccoli devono andare a scuola per imparare a usare le loro mostruose qualità.

Le lezioni sono tenute dai maestri piú feroci e cattivi che ci siano al mondo; insegnano a terrorizzare, inseguire, sbranare e tante altre cose orribili.

Come in ogni scuola che si rispetti c'è una direttrice che vigila su tutto; si chiama signorina Porpora, ha piú di trecento anni ed è uno spettro.

Molto spesso i piccoli mostri sono irrequieti e non sempre vanno d'accordo tra loro. Potrebbe benissimo succedere che qualcuno mangi il suo compagno di banco o, peggio ancora, che scompaia per sempre se a una streghetta scappa di mano qualche terribile incantesimo.

La direttrice, essendo uno spettro, riesce a passare inosservata attraverso i muri e controlla se tutti gli alunni sono abbastanza obbedienti.

Le sue punizioni sono severissime; chi non si comporta bene, alla scuola dei mostri, viene rinchiuso per un mese nella stanza delle torture di Miss Piovra che è famosa per la sua fredda e spietata cattiveria e fa passare a tutti la voglia di scherzare.

LEZIONE DEL TERRORE

Una delle cose fondamentali per un mostro è saper terrorizzare chiunque si trovi davanti.

Per imparare bene l'arte dello spavento, la classe segue le lezioni del maestro Pietro spettro, che come tutti i fantasmi è specializzato in urla agghiaccianti.

– Ululate e ringhiate piú forte che potete! – incita il maestro. – Dovete far venire i capelli bianchi e ritti sulla testa a chi vi sente!

Altra cosa indispensabile da fare se si vuole

terrorizzare qualcuno è nascondersi nel buio per poi sbucare fuori all'improvviso. Pietro spettro indica i posti migliori dove posizionarsi: in casa, dietro le tende, sotto i letti, dentro gli armadi, dietro le porte; in giardino, fra i cespugli o nascosti dietro i tronchi degli alberi nel buio della notte.

Il maestro, inoltre, spiega agli alunni come realizzare ombre inquietanti con la luce delle candele: – Anche se siete ancora piccoli di statura, potete creare delle figure gigantesche! – esclama facendo vedere come la sua stessa ombra occupi l'intera parete. – Se poi riuscite a fare pure qualche scricchiolio e a soffiare un po' di vento gelido, il panico è assicurato!

ESERCIZI DI CATTIVERIA

Oltre a essere spaventosi, i mostri devono assolutamente essere anche parecchio malvagi.

La Suprema strega nera insegna come mostrarsi crudeli e senza cuore in ogni occasione.

– Se vedete qualcuno che sta piangendo, cercate di farlo piangere di piú! – esclama sfregandosi le mani. – Allenatevi sempre a raccontare bugie per diffondere zizzania e baruffe tra gli amici. Fate brutti scherzi a

tutti, animali compresi! – aggiunge la strega sogghignando orribilmente.

Nella scuola, soltanto le streghette hanno accesso al calderone dove vengono preparate le pozioni magiche per la malvagità. Gli altri alunni sono obbligati a mettersi a loro disposizione per testare se i filtri magici funzionano come dovrebbero.

Molto spesso le piccole streghe sbagliano dosi o ingredienti: basta qualche occhio di ratto in meno o qualche scarafaggio in piú perché l'intruglio abbia tutto un altro effetto. E siccome la Strega suprema è cattivissima, chi commette il minimo errore finisce una settimana nella stanza delle torture di Miss Piovra, mentre lo sfortunato che subisce un incantesimo sbagliato deve rimanere in un angolo della classe finché non tornerà com'era prima.

STUDIO DELLE TRAPPOLE

Nel giardino della scuola, il maestro Orco Magnus insegna a costruire trappole efficaci per catturare le prede. Le sue lezioni sono sempre entusiasmanti e i piccoli mostri lo stanno ad ascoltare molto attentamente.

– Se volete diventare dei perfetti cacciatori, dovete mimetizzarvi a regola d'arte per confondervi con il paesaggio! – spiega il maestro travestito da cespuglio. – La strategia è quella di scavare una grande buca nel terreno e nasconderla con delle foglie, cosí da

farla passare inosservata, – continua il maestro.
– Infine fate penzolare sopra la trappola
qualcosa di allettante che attragga la preda!

Il maestro fa vedere la tabella delle varie
esche da utilizzare a seconda di quello che si
vuole catturare.

– Ma la cosa piú difficile, – continua Orco

Magnus, – è riuscire a mettere in gabbia
quello che avete acchiappato senza farvelo
scappare!

I piccoli alunni visitano la collezione di
gabbie dorate del maestro: sono tutte vuote.
Cacciare è difficile e forse Orco Magnus non è
mai riuscito a catturare nulla, ma nessuno dei
piccoli mostri ha il coraggio di chiederglielo.

L'ORA DI BRUTTEZZA

Per un'ora al giorno, tutti gli alunni sono obbligati a esercitarsi davanti allo specchio a fare facce e smorfie orripilanti.

Occhi storti, lingue penzolanti, denti in fuori, bocche deformi, nasi arricciati, guance gonfie, sopracciglia abbassate sono le espressioni che deve fare chiunque voglia diventare piú brutto.

Ognuno però ha le sue caratteristiche personali; a volte i piccoli mostri si sfidano

l'un l'altro, facendo a gara per vedere chi riesce a fare piú impressione.

Ad esempio, i lupi mannari sono in grado di spalancare la bocca in modo esagerato tirando fuori mezzo metro di lingua e spargendo saliva appiccicosa dappertutto.

Per non parlare dei vampiri, che riescono a ruotare gli occhi al punto di far sparire la pupilla, o gli orchetti che mettendosi le dita nel naso arrivano ad allargare le narici a dismisura.

Le piccole streghe per diventare piú brutte si fanno crescere sul mento dei peli ispidi e neri e sul naso qualche grosso brufolo giallognolo.

Ma sono gli zombie che in bruttezza superano sempre tutti: già per natura le loro facce cadono a pezzi, di conseguenza, con gran disinvoltura e in qualsiasi momento, possono staccarsi un occhio o un dente come se niente fosse.

ALLENAMENTO IN PALESTRA

Nella grande palestra scolastica vengono svolte tutte le mostruose attività sportive. Qui si impara a volare con il maestro Valdo, che insegna ai piccoli vampiri come trasformarsi in pipistrelli e lanciarsi nel vuoto.

Le streghette, invece, devono allenarsi con le scope magiche. Imparare a volare non è facile, ci vuole molta esperienza e spesso gli alunni cadono a terra procurandosi piú di qualche livido.

Un altro sport molto importante per tutti è

la corsa a ostacoli che serve per gli inseguimenti, la caccia e la fuga.

La stessa direttrice, la signorina Porpora, prepara i percorsi che sono sempre molto fantasiosi e ricchi di imprevisti.

Per suo divertimento personale, la direttrice ama mettere qualche ostacolo crudele a sorpresa, come ad esempio buche che portano alle fognature, micidiali tagliole avvelenate o, ancor peggio, le fauci aperte di un feroce alligatore.

Gli alunni, oltre a essere molto svegli,

devono avere pure una buona mira. Infatti
nella palestra della scuola l'allenamento al
tiro a segno è fondamentale. Chi riesce a
colpire il centro della ragnatela con la
tarantola prende un voto piú alto in pagella.

TUTTI IN MENSA

Nella mensa della scuola lavorano due cuoche straordinarie, Orchessa Ortica e Triglia Troll, autrici del famoso libro di ricette *Un bambino nel panino.*

Non tutti i mostri consumano cibi comuni; i vampiri, ad esempio, mangiano solo zuppa di sangue con i crostini, mentre gli scheletri e i fantasmi assaggiano unicamente cose invisibili da piatti vuoti.

Per non parlare degli zombie, che vanno ghiotti di spazzatura e di tutto quello che è

puzzolente e marcio. La loro ricetta preferita è: avanzi del mese prima con vermetti crudi.

Le streghe al contrario sono più raffinate e adorano gustare squisiti manicaretti come zampette di ragno fritte, risotto di funghi velenosi, crostata di topo secco con marmellata di pitone e come dessert budino di medusa urticante.

Alla maggior parte dei mostri piacerebbe

papparsi semplicemente un bel bambino fresco che però è un ingrediente difficilissimo da procurare.

Cosí Orchessa Ortica e Triglia Troll per far felici tutti usano un vecchio trucco: con uno stampo per dolci a forma di bimbo preparano dei morbidi panini caldi che poi spacciano per bambini veri.

EFFETTI SPECIALI

Uno dei momenti piú emozionanti alla scuola dei mostri è la dimostrazione delle straordinarie qualità acquisite.

Sul palco, ogni alunno si esibisce per far vedere qualche suo personale «effetto speciale».

In sala le luci si spengono. Nel buio pesto i piccoli fantasmi diventano fluorescenti, volteggiano nell'aria sulle teste di tutti, poi si tuffano contro la parete e passandoci attraverso scompaiono, lasciando il pubblico a bocca aperta.

È il turno di una streghetta, che con la sua bacchetta magica trasforma i presenti in galline. L'effetto dura solo pochi minuti ma è sufficiente per far scoppiare tutti a ridere.

Un piccolo vampiro mostra come riesce a farsi spuntare sulla schiena due ali di pipistrello e a camminare sul soffitto a testa all'ingiú.

Due mummie recitando un'antica maledizione scatenano nella scuola una terribile tempesta di sabbia. Per fortuna, hanno studiato bene la formula per far tornare rapidamente tutto com'era prima.

Un piccolo scheletro, con grande abilità, usa le sue ossa per eseguire un numero da giocoliere davvero raccapricciante.

I maestri della scuola applaudono.
– Bravissimi, lo spettacolo è stato piacevolmente orribile! – esclamano soddisfatti.

INTERROGAZIONI

È la signorina Porpora in persona a interrogare i piccoli mostri.

Uno dei temi che piú le interessano è come passano il loro tempo libero fuori dalla scuola. A tutti piace ascoltare i racconti, che solitamente sono avventure molto divertenti.

– Stanotte mi sono svegliato ululando alla luna piena, ho giocato a rincorrere dei gufetti nel bosco e poi ho fatto merenda con loro! – esclama tutto d'un fiato Lucio lupetto leccandosi i baffi.

– Io sono andata al mare con mia mamma a prendere la tintarella di luna e a costruire enormi castelli stregati di sabbia, – dice Zahira vampira.

– Nel cimitero dove abito, ogni tanto passa un cane randagio amico mio e con lui gioco per ore a lanciargli un mio osso e a farmelo riportare! – racconta Luigino scheletrino.

– A me piace farmi portare da mia cugina
Violetta streghetta sulla sua scopa volante. Anche
se non sa guidare ancora benissimo, sfrecciamo
nell'aria talmente veloci che, se mi scappa da
ridere, la bocca mi si riempie di moscerini! –
esclama con una smorfia Trudy troll che in realtà
di mosche e moscerini va ghiotta.

– Io nel tempo libero mi gratto la pancia e i
buchi del naso! – dice svogliato Poldo orchetto
facendo ridere tutti.

PROVE DI CORAGGIO

Per ottenere il diploma di mostro valoroso bisogna superare tutte le prove di coraggio che i maestri della scuola preparano con accuratezza per gli alunni.

Il primo ostacolo è attraversare la porta infuocata che con ogni probabilità farà andare a fuoco pellicce e capelli.

Lucio lupetto sa come fare: prende un gran respiro da lupo e soffia forte, spegnendo in un attimo le fiamme.

La seconda prova è nuotare nella vasca dei

pesci piranha, cosí affamati che sbranerebbero dieci bisonti in meno di un secondo. Con abilità una piccola strega versa nella vasca poche gocce di una pozione magica e i feroci piranha si tramutano in pacifici pesci rossi.

La terza e ultima prova è combattere niente di meno che contro il terribile maestro Orco Magnus.

Con un coraggio inaudito tutti si lanciano contro al grande orco, chi volando e chi correndo. Le piccole mummie hanno teso un tranello e con le bende fanno inciampare Orco Magnus che cade a terra con un gran tonfo.

– Siete stati davvero formidabili! – esclama la signorina Porpora.

Anche tutti gli altri maestri applaudono e a ciascuno dei piccoli mostri viene consegnato il diploma di mostro valoroso.

INDICE

LIBRI MOSTRUOSI PER LETTORI CORAGGIOSI

1. Il piccolo libro dei mostri
2. Il piccolo libro degli orchi
3. Il piccolo libro delle streghe
5. Il piccolo libro dei mostri mostruosi
7. Il piccolo libro dei vampiri sanguinosi
8. Il piccolo libro dei draghi
9. Il piccolo libro degli unicorni
10. Il piccolo libro dei mostri a scuola
11. Il piccolo libro dei fantasmi da brivido

Finito di stampare nel mese di agosto 2021
per conto delle Edizioni EL
presso Esperia Srl, Lavis (Trento)